김수연 시집

문학사계

시인의 말

다향(茶香)은 찻잎의 눈물이었으리
수 없는 생채기를 통해 피어나는 향이라니
아픔 없는 생이 어디 있으랴
꽃 진 자리도 아물어진 통증에 수많은 날을 울었을 터다.

    찻잎은 계절에 앞서 향을 품지만, 구증구포의 과정을 거치지 않으면 제대로 진가를 발휘하지 못합니다. 저의 인생도 아홉 번 덖고 말리고 치댈수록 본향과 본색을 드러내는 찻잎처럼 이른 봄이 늘 아팠습니다. 시련과 고난이 없는 삶이 어디 있겠습니까마는 현실에 밀려난 문학소녀의 꿈과 캠퍼스의 낭만은 그저 먼 세상의 일만 같아 꽃 피는 봄이 야속할 때도 있었습니다.

    그런데 쉰 해를 훌쩍 넘기고 맞이하는 이 봄이 더는 아프거나 밉지 않습니다. 눈물과 땀과 무수한 사연들로 일궈 낸 저의 차밭에는 별처럼 빛나는 두 딸과 언제나 든든한 버팀목이 되어주는 남편, 그리고 벗들이 인생의 방풍림이 되어주고 있습니다.

앞으로도 흔들릴 땐 흔들리고 아플 땐 아파하고 물러서야 할 땐 잠시 뒤를 돌아보기도 하겠습니다. 그래도 될까요? 자문과 동시에 다짐합니다. 단순히 시서화에 능한 재주꾼보다는 김밥처럼 든든하고 정직한 작가가 되고 싶습니다. 엄마니까요.

늦가을 혹은 초겨울에 피는 차꽃은 꽃과 열매가 마주 보고 있어 '실화상봉수'라고 한다죠. 갯향이 바다의 눈물인 것처럼 내 아이들은 나의 거울이자 바다이기에. 세월의 포말에 휩쓸려간 저의 눈물 또한 누군가에게는 은은한 다향으로 다가서길 바라며 사랑하는 딸 유림과 유화에게 저의 첫 시집을 바칩니다.

신축년 첫봄 김수연

차례

제2부 꽃향은 나무의 눈물

차례

제4부 바람 숲 너머의 풍경

차례

갯향은 바다의 눈물

제1부
갯향은 바다의 눈물이었다

오래된 사진

살을 드러낸 갯벌 위
젖먹이 등에 업은 아낙에게
방파제 돌아오는 바람은
언제나 허기였다

그물에 걸린 조기는
좀체 떨어지지 않고

이마를 마주하는 슬레이트 지붕의
낮은 언덕 지나면
그래도 미워할 수 없는 아이의 아비가
오늘도 코를 골며 자고 있다

마진리에는

희지 않은 것이 없다
방앗간 떡살 층층이 쌓인 길에 들어서면
소리마저 하얗게 밟힌다
얼음으로 변한 호수 걸으며
화석보다 깊은 달의 뿌리 캐어내고
백양목 허리까지 차오른 햇살로
언 손도 녹여 본다
어느 문 두드리던, 고봉으로 담은 쌀밥과
백옥 같은 병어구이를 내어주는 곳
서리꽃 흐드러진 나뭇가지 휘어잡고
흠뻑 들이마시면
남도의 뽀얀 과즙이 탄산처럼 터진다
이별하며 펑펑 우느라 숨죽여 낮아진
고드름의 눈물쯤이야
희디흰 손등 굴러 그때처럼 사라질 테니,
한 번도 오르지 못한 어느 모퉁이에서
또 쏟아진다. 나비, 나비들
봄볕만 부산히 오가던 배추흰나비
아, 투명한 나의 지난 날개들

두짓타니 해변

양수가 춤춘다
숨 쉬듯 잔잔하게 튀지 않는 물의 음계
이 도시에서는 모든 게 낯설지 않다
어차피 물의 음계는 오선지가 필요 없는
암보(諳譜)로 가능하다

어김없이 순한 얼굴로 다가오는 해변의 언어는
자음이 없어도 통하는 양수의 외계어다
아이를 품는 것은 우주를 품는 것
차모르족 여인은 만삭의 배를 바다에 뉘고
세상에서 가장 은밀한 바다의 전언을 듣는다
플루메니아 흰 숨결로 전하는 명줄, 푸른 명줄들

두짓타니의 바다는
여전히 견고한 태교 중이다

그믐달 뜨는 포구

바다가 부푼다
턱밑까지 차오른 물무늬는
테트라포드에 뭉텅뭉텅 스며들고

술 푸는 행랑객 들뜬 술잔에
노랗게 익어가는 운저리 몇 마리 제물 되어
바쳐지는 포구의 밤이 기다랗게 누워있다

파계승처럼
돌아선 인연의 무게 어쩌지 못하고
홀로 남아 들이키는 푸념 두어 잔

파도가 한 번씩 몸을 뒤틀 때마다
외로워 서러워서 선술집으로 달려가는
저 검은 눈빛들

선창

만선의 고단함으로 널브러진 그물망 사이
잠시 길들인 바다를 깁는 어부의 거친 손끝에
한낮의 몸살을 치른 태양도 긴 혀를 내밀었다
항구의 포도(鋪道) 위 주린 배 채운 갈매기는
날개 접고 직립으로 걷는데
바다에 청춘을 던진 어부의 굽은 허리는
일생 떠나지 못한 달동네 흰 계단처럼
끝이 보이지 않는 자기 그림자에 파묻힌다

뒷개 삼거리

질펀한 갯벌이 해감한 비린내
삼거리 모퉁이에 깃들 때
본전도 못 건진 사내들의 술판은 시작되고
아이를 등에 업은 여인은
수확한 몇 마리 조기 새끼로 찌개를 끓여
뜨거운 눈물로 간을 본다

첩첩이 이마를 마주하는 슬레이트 지붕
마당도 되었다가 마루도 되는 낮은 언덕 지나면
꼬인 골목 숨통 트여줄 옴팍한 공동수도가 있고
대찬 어미 대신 줄 지어 물동이 지키는
아이들의 튼 손에는 갈래갈래 서리꽃 피었다

하루살이처럼 버거운 사내들의 꿈이
빈 소주병처럼 나뒹구는 죽교동 575번지
낙서도 없이 무너져가는 담벼락 틈새
철마다 이름을 달리한 들꽃 삐쭉 얼굴 내밀지만
그 누구도 꺾으려 하지 않는다
본전도 못 건진 이 꽃들을 어찌 풀이라 할 수 있으랴
죽기 전까지 바다를 꿈꾸며 파닥거리던
조기 새끼처럼

개망초

손톱만 한 흰 얼굴 비비며
자지러지게 웃음 터지는 그곳으로 가
우리 풀꽃이 되자
마주 앉아 하얀 발 씻겨주며
아무렇지 않게 자리 내어주는 꽃말 모아
티 없는 사랑으로 피어보자
찌르고 찔리던 그딴 일 일랑 먼바다로 보내고
낙엽만 굴러도 키득거리던 그때처럼
실 같은 바람 불어오면 삼향천으로 가자
미치도록 누군가 생각나는 날에는
세상 팽개치고 한걸음에 달려가
부둥켜안고 흐드러지게 살아보자
저기 저 개망초처럼

물망초

스민 빗물에 뼈마디 키워나갔으리라
성장통 아린 이파리 푸릇해지면
가지가지 날 선 그리움 망울로 남는다.

골진 결 숨으로 채색된 기억은
둥근 이파리에 각인되고
나는 계절의 중심에 서 있다.

줄기를 세운다는 건
또 다른 나를 찾아 나서는 일
기억의 저편 그리운 이여
나를 잊지 말아요

코발트 빛 하늘을 담고 싶은 걸까
투둑
물망초 한 송이 꽃망울 터지고
풀벌레는 밤새 울었다.

선착장

오거나 혹은 떠나거나
시간마저 타성에 젖었다.
태양도 한 번만 슬쩍 지나는 곳
회귀를 거부하며 늙어 버린 연어처럼
잿빛 타액이 몸을 덮었다.
몇 세대의 생을 받아내던 단단한 가슴은
이순의 길목에서
거꾸러진 양철 대문 김 씨 등보다 튀어나오고
장지로 모시고 가던
막내 손등 보다 굵게 갈라져 있다
웃음보다 눈물이 흔한 곳
산다는 건
해가 지면 같이 넘어가는 딸꾹질 같은 거다
한 세대가 흔들릴 때마다 한 발자국씩 무너지더니
뼈대만이 파도를 견디고,
울음뿐인 바다가 우르르 몰려와 뜨겁게
어쩌면, 홀로 떠 있는 먼 배처럼 컴컴하게 외길을 막는데
난, 이제야 겨우 지친 발을 옮기며
자박거리고 있다.

강빛 마을

목백일홍 위로 안개 쌓이는 아침
비어 있는 빨간 우체통 지나면
백합 핀 정원 있고
어느 노부부의 작은 텃밭 푸성귀들이 수채화를 그려내는
여기는 강 두른 마을
모두 같은 표정으로 한 곳을 바라본다

너른 창이 내어준 산의 속내
만개한 안개꽃 산허리 베어내고
밑동 잘린 자작나무 나이테 그늘을 입힌다
붉은 소나무 숲 허리에 비껴차고 섬진강 흐르고
나, 뼛속까지 붉어지고

바다가 갇혔다

분명 그녀는, 바다가 갇혔다고 말했다. 천생 여자였던 그녀에게 바다는 한때 어디든 갈 수 있는 활주로이자 비상구였으나, 단지 또 다른 뭍으로 가기 위한 통로였을 뿐이다. 바다는 여전히 말이 없고 그 품을 짐작할 수도 없다. 최대한 멀리 간 만큼 빠르게 되돌아와 바위섬에 부딪혀 산산이 흩어지는 파도처럼 망각의 벽에 묻어 둔 한탄의 세월을 깊고 긴 한숨으로 끝내게 된 그녀는 팔순을 넘어서면서부터 여인의 운명에서 벗어나 성을 초월한 존재가 되었다. 자신이 품을 수 있을 만큼의 바다가 보이는 사각 너른 창 앞에서 함께 나이 들어가는 낡은 식탁과 마주한 그녀 무인 등대 불빛을 바라보며 딱 그만큼의 거리를 두고 떠난 사람들을 생각한다. 보이는 만큼만 기억하는 거라면 스스로 바위섬이 된 그녀의 기억 속에서는 이제 해가 뜨지 않는 등대 하나만 덜렁 남아있다. 거기에 누가 있던지, 남자도 여자도 아닌 어쩌면 그 모든 것을 초월하거나 포함한 죽음이라 할지라도 입맛을 잃어도 식욕은 남아있는 본능의 바다 앞에서는 모든 게 경건하고 숭고하다. 당장 오늘 하루 연명할 식량만 남아있을지라도 오래된 바다를 자기만의 사각 틀 안에 가둬둘 수 있게 된 지금, 늘 허기져 푸석대는 모래밭의 모래알이 될지라도 깊고 긴 한숨이 미소로 번지는 것은 순간이다.

이만하면 됐지…

완도항

부둣가 서성이는 라일락 향기
먼데 하늘은 내려와
쪽빛 바다에 슬며시 몸 담가보는 오월의 완도항
은빛 갈매기 날갯짓에 한세월 담고서
빨간 열두 폭 치마 휘감은 신지대교
봉황산 그림자 품에 안고
어화둥둥 사랑 노래 구성지다
봄이 지네
꽃이 지네
모가지 채 툭툭 떨어진
동백 이야기에 귀 기울이며 신지대교 위에 서니
부표들은 무언의 언어로 바다의 시를 쓰누나
파도는 길을 물으며 포말 속으로 사라지고
고깃배는 만선으로 돌아온다

봄이 풀빵처럼 익고 있다

섣달 바다

백설 쌓인 백계 바다
뼈마디 낙관 선명하게
새 떼 걸었던 그 바닷가에 섰다.

얼기설기 사그라드는 포말을 지켜본다거나
젖은 모래 위 화석으로 남을 연화를 새긴다는 건,
가슴 한구석 옮겨 심을 바다 한 조각 데우는 거다

하얀 눈밭 위
발 도장으로 만든 하얀 꽃차 우려내는 작은 여인 둘

희다
저 꽃잎도
그녀들의 바다도

팽목항에서

맹골수도 검붉은 파도는
세상 모든 언어를 삼켰다.
스산한 바람마저
죄스러워 비켜 부는
사월의 항구
아이들의 빛나던 꿈은
끝을 알 수 없는 바다 속으로
거품처럼 사라지고
물길이 맹수처럼 포효하는 순간
갈매기는 우는 법을 잊어버렸다.
지켜주지 못했던 약속들
노랑나비 되어 너울거리며
통곡의 언어 새긴 기억의 숲을
맴돌며 날갯짓하는 사월
또다시 팽목항에
애잔한 비가 내린다.

가족

제2부
꽃향은 나무의 눈물

밥심 전심

다 먹고살자고 하는 일인데
전생에 웬 죄업 그리 두터워
남의 입에 들어갈 밥만 내내 짓다
정작 내 자식 입에 들어갈 밥은
뜸도 들이지 못한 채 눌어붙고 말았네
어느새 어미 곁을 떠나
밥 짓는 업보를 이어받은
누군가의 입이 되어 살아가는 아이들
내 자식 입에 들어갈
사 먹는 음식 쉽게 배 꺼지지 않기를
바라고 또 바랄 뿐이다
밥심 전심(傳心)으로 누군가의
밥심에 기대어 기도할 뿐이다.

시루 꽃

배롱 붉은 교회 모퉁이 낮은 언덕 지나면
동트기 기다리는 긴 행렬의 콩나물 수레들이
고만고만한 연대기를 펼치는
남교동 옴팍한 곳에 콩나물 동네가 있다.

중 천장 쥐들의 발길 뜸해지고
시루에 떨어지던 물방울 소리도 고요에 절여지는 밤
자식 앞세운 팔순 세월, 눈물 바람뿐인 당숙모 가슴앓이는
어쩌면
미처 싹 틔우지 못하고 꺼진 콩의 젖몸살일지도 모른다.

정순한 물을 주는 손길은 실로 경건하다.
팔순 날콩들 태동을 시작하면
아이의 어미, 또 그 어미의 어미
고래 심줄처럼 질긴 탯줄은
골목골목 혈관처럼 이어지리
아흐레
비어 있는 저 달 채워지면
시루 꽃 골목 가득 피어나겠고
생존의 수레바퀴가 그어낸 연대기
또 한 페이지 무심히 넘어가겠지

이제는 흔적도 없이 사라진 골목을 서성이지만
그 어떤 형태도 없다.
지워지지 않은 원형의 중심에 있는
시루 꽃 저 무수한 촉수들

엄마라서

사랑하는 딸
서울 구경 잘하고 내려가네
항상 엄마에게 맘 써주고 챙겨줘서
엄마 정말 고맙고 행복해
내 딸 몸 건강히 잘 지내고 있어
눈 내리면 엄마 또 올게

분홍 꽃 화사한 마스크 포장지에 쓰인
손편지 읽으며 한없이 울고 있다는 딸의 메시지
너무 늦게 온 사춘기로 까칠하고 무심했던
지난 시간이 속상하고 미안하다 울먹인다
올 때는 빈손으로 오라는 신신당부에
알았다 알았다 하면서도
슬그머니 놓고 간 부침개를 보며
차마 먹지 못한 채 울먹인다

언제 이렇게 다 커버렸는지
늘 곁을 내어주는 내 아이들
엄마 딸로 와준 소중함에 미안하고 감사한
그런 엄마라서

갓 써봐*

쉰하고도 일흔 해를 목포에서 지내신 울 엄마
습관처럼 항상 따라다닌 말 한마디
'갓 써봐'

"엄마 뭐 드시고 싶으세요?"
"갓 써봐 메뉴 좀 보고"
"엄마 이 옷은 어때요?"
"갓 써봐 다른 것도 좀 보자"
"엄마 우리 인증샷 찍어요"
"갓 써봐 화장 좀 고치고"
뭘 하든 갓 쓰고 하자 신다.
"근데 엄마 왜 자꾸 갓 써보라고 해?"
"내가 언제 그랬니?"

틈새 시간 없이 바삐 사시는 울 엄마
이젠 저희가 갓 씌워 드릴게요.
엄마 편히 쉬세요
엄마 갓 써봐요

* '가만있어 봐'의 준말

홍매는 피는데

복지관에서 걸려온 전화 한 통
엄마와 통화가 안 된다고 걱정이다
비상 연락망을 따라온 엄마의 알리바이
매실 담은 유리병 당신 손에서 벗어나
끈끈한 청 범벅이 된 거실 바닥에서
기어이 무릎을 꿇었다.

끌어모을수록 손바닥에 달라붙는 집착
버리지 못하는 게 어찌 달달함 뿐일까.
자식 수만큼의 손가락으로 어플 없는
그림을 그리던 매실청은 거실 바닥에서 피어나고
아린 소식은 내 가슴에 고매(古梅)가 되어
붉은 꽃으로 피어난다.

인동

후광 가는 길 언덕배기 후미진 곳
줄기 세워 벽을 오르는 인동덩굴 여름 볕에 고슬고슬하다.
삼동 시린 삭풍에 가지는 살점 떨구며 줄기 세웠으리라
그러다 봄볕 따사로이 내려 올쯤이면
어느 가난한 촌부 부뚜막에
두어 가지 새싹 틔워 주린 배 채워주고
곧추세운 뿌리의 기억을 더듬어
더러는 헝클어진 실핏줄도 찾아 나섰으리라
떨어지지 않고 어느 것 하나 싹 틔울 수 없다는 걸
알아가는 중일까.
인동 곁 이파리 사이 꽃 한 송이 피어나고

요한이네 김밥

색색의 무지개를 잉태했다고
소문이 자자한 그녀는
검은 옷의 사제였다
컴컴한 새벽을 싹둑 잘라
말갛게 헹군 영혼으로
순백의 하루를 편다

빈속 덥혀 줄 첫 끼의 식사와
하루 끝을 잇는 노동의 단맛을 위해
그녀, 엄숙한 고백을 말고 있다

외롭지 않으면 이어갈 수 없는
사제의 보폭으로 수도의 정점에 올라
열 마디 자식을 해산한 그녀

황금색 지단 위
가진 식감 다 쌓아놓았으니
이젠
나를 드릴 시간이다

어머니의 김밥

날 김 구워 따순 밥 깔고
속 재료 배내옷 입히듯 가지런히 올렸다.
터질까 끊길까 새끼 품듯 살살 말아
하나의 원통으로 태어날 때
선 밖으로 삐치고 엉킨 재료조차 괜히 오졌다.

올망졸망한 여린 숨
한 품에 감싼 매듭 굵어질수록
김밥의 두께도 커져만 갔고
어머니의 기도는 깊고 울창했다.

우리는
하나의 기억으로 말린 가족의 이름으로
서로의 호흡에서 뿌리의 용기를 읽기에
오색 김밥에 각각의 색을 올리는 것이리라
도드라지지 않도록
터지더라도 흩어지지 않도록
황소바람 홑이불로 막아내며
자식들 머리맡을 지키신 내 어머니의 김밥처럼

수목장

해마다 봄이면 싹 틔워
여름 볕 고슬고슬해지면
까만 열매 알알이 토해내는
까마중 옆에 츄츄를 묻었다

지느러미로 지탱하며
한 치 흐트러짐도 없이 선 채로
열반에 들어간
어떠한 인연으로 다시 만난다면
물고기의 생으로 돌아오지 않기를
뭍으로 떠난 지 사십 아흐레 되는 날
나는 마흔아홉 번 손을 모은다

후드득
짙은 이파리, 질긴 눈물

상사화

잊지 말고 찾아오라던
푸른 잎 흔적은 어디에도 없기에
자꾸만 뒤돌아보는 붉은 눈빛

애간장 타는 허허로움을
긴 꽃대 새겨 가을을 용서하려니
설령
갈바람에 꽃잎 날리어 대궁으로 남을지라도
그대 숨결 따라 찾아온 길
후회 없이 사랑하며 가노라고

화인처럼 각인된 붉은 상흔의 몸짓
꽃 무리 속 풀벌레는
괜히 우는 게 아니었나 보다

사막의 장미

언덕 아래 게르 촌은 장작 불그림자에 갇혀 있었다
바람은 거세었고 은빛 모래는 너울을 만들며 깊어만 가고
여전히 당신 테이블은 위스키 진한 솔향이 깊게 배어있었지.

붉은 델 드리워진, 사냥이 금지된 그믐밤의 초야
한 번도 달을 탐한 적이 없다던 새신랑 기어이 활을 품었어.
바람도 휘청거리던 사태잔에 별비 지던 그 새벽
야크의 방울 소리 게르에 돌아올 때
달의 흔적은 어디에도 없었다.
간간이 들리는 늑대의 배부른 울음만 둔덕을 찢는데

달이 다시 태어나던 초하루
설화 속 주인공 불룩한 팔을 들고 올라오면
가시에 찔려버렸나
나팔들이 핏빛이다.

등꽃 단상

하릴없이 지는 꽃 속에서
한 여인을 만났다.
스물에 시집와 여든두 해 동안
한 번도 꽃이 되지 못한 울 엄니
쉬지 못해 피지도 못한 당신의
한숨이 등나무에 깃들 때
보라색 꽃이 얼굴을 내민다.
어미의 등골에서 자식이 피는 것처럼
하릴없이 지는 꽃도 저의 숙명인 것을
오늘에야 알았다.

동백

칡넝쿨처럼 질긴 그녀
주렁주렁 매달린 자식들을
긁어낼 수도 도려낼 수도 없는
살비듬처럼 품고 울고 웃다
끝내 가슴 안 주머니에
단단한 돌멩이 수두룩 앉혔다
안티프라민처럼 쓰리고 촉촉하게
웃는 듯 우는 듯 소주 한잔하자던 그녀
몸이 야윌수록 전대 무게는 가벼워졌고
그 겨울의 정물이 되어버린
그녀의 빈 손수레 곁
설핏 돌아선 긴 겨울의 끄트머리
붉은 동백 피어나더라

꽃물 들이는 날

칠월 볕 좋은 날
봉숭아꽃 곱게 짓이겨
손톱에 물들여 본다

추억은 손톱에 스며들어
첫사랑의 약속을 봉인한 채
주홍빛 만월을 드러낸다

잘려 나간 손톱에
그믐달로 일그러진
주홍빛 사랑이여

살빛이 핏빛으로 남을 때
핏빛은 살빛을 가둔다
끓어 넘치는 삼학의 하늘이
꽃물에 빠져들고 있다

나무의 서

여느 해 봄이었던가
키 작은 아이비 노란 분에 옮겨 심었지.
초록의 너른 잎 가득 봄볕 켜켜이 새기며
움트는 옹알이로 서툰 서정 가득 써가더라

사나흘 신물 넘기며 앓아누웠던 여름날 오후였어
너도, 나도 꽃 피우느라 분주한 화단에 쭈그리고 앉아
진초록의 숨들과 마주한 적 있었어.
  생장하려는 식물과 뜯어 먹어야 살아가는 벌레들의 흡착
을 본 건 그때였지
  벌레들은 이파리를 먹지만 절대 꽃잎은 건들지 않았지.

왜일까?
금기를 깬 깍지벌레가 꽃잎을 탐했다면
아니 깍지벌레가 꽃잎을 탐해서는 안 된다는 것이 금기였을까
그러건 말건
진록으로 칭칭 감고 오르던 너는 꽃대를 올리지 않았어.
어쩌면 꽃대가 생길까봐
쉬지 않고 이파리를 펼쳤을지도 모를 일이지.

이제는 화려했던 꽃들의 시체를 염해야 할 때가 왔어.
초록의 숨들도 형형색색 꽃들의 흔적도 사라지고
모두가 떠난 빈 화단에 흑 고양이 파헤친 배설물 굳어갈 즘
세월 잊은 듯 푸릇하기만 한 열두 폭 치마에
적홍 무늬 새겨지더니
너는 시름시름 앓기 시작했어.
꽃망울을 산란하기 위한 열병이었을까

잎이 지고 줄기가 마르고 한 차례 홍역을 앓더니
다른 생으로 환생한 너
마른 줄기에 홀연히 나타난 선명한 노란 빛 꽃망울
죽어가면서 피어 올리는 꽃대라니
눈물마저 마른 앙상한 가지에 촘촘히 써 내려간
나무의 서를 읽었지
그래
첫눈 오는 날이었어

그 후로도 오랫동안

봄이 지고 있나 봅니다
꽃이 가버린 그 자리
새순이 돋나 봅니다
꽃이 가버린 그 자리
시간은 속절없이 흐르지만
서러운 추억만은
차마 그 봄을 잊지 못해 여전히
제 자리를 맴돌고 있습니다

그 후로도 오랫동안
보낼 수 없는 봄이 기울던
그해의 태양은 빛을 잃었고
개나리는 제 색을 잃었으며
계절은 여전히 겨울 같은 봄입니다.
부디 어느 밝고 환한 날
샛노란 개나리 꽃길 즈려밟고
신록의 이름으로 다시 오소서

봄밤

제3부
끝선에서 별을 만나다

거미의 하루

하늘이 훤히 보이는 천장 위
석류 두어 가지 액자처럼 걸려있고
오래된 나무 선반에 스며든 바람 조각은
곤궁의 시간을 덧없이 재단한다
천의무봉 집 한 채 허공에 지은 그
오늘도 찾아올 손님 애타게 기다리고
가닥가닥 엮은 거미줄 사이로 낮달만
그런 그를 가만히 내려다본다

흔적

형태를 기억하는 일은 서툴다
언어는 덧댈수록 부서지고
빈곤은 부대낄수록 역린이 되고
형태를 찾는 일은 생목이 타들어 가는 고통

칼날을 시퍼렇게 쳐든 이는 두렵다
부서진 언어가 사라질까 봐
역린이 된 빈곤이 발목을 채울까 봐
결국 생목을 조이는 고통은 위악을 낳는다

중독

사랑은 불규칙 동사 같은 거
기약 없이 다가온 천둥 같은 거

이별은 한 여름날의 소나기 같은 거
온몸을 젖고 또 젖게 하는 거

1리터의 빗물과 1리터의 눈물 사이
우리는 사랑하다 이별을 맞이한다.

정지된 기억

부딪히는 파편의 기억
본디 형태를 기억하려는 서툰 몸짓 칼날이 시퍼렇다.
희미해진 언어들 사이
혼미해진 의식은 도로 위를 맴돌다 블랙홀에 빠져든다

어디쯤일까?
달구지가 지나가고 미처 건너지 못한 아이 건너편을 응시한다
신작로 건너 미장원이 초록 넝쿨에 갇혀 있었고
사인볼은 굉음을 내며 돈다
엄마 따라 미장원 간 루시
공중에서 꽃잎 되어 떨어지는 오후
이글거리는 아스팔트는 붉은 피를 토해내고
추락은 깃발처럼 울고 있었다

부딪히는 파편의 반란
두 개의 뒤엉킨 불빛만이 어둠을 갉아먹고 있다.

잔영

여름 품은 봉두산 소리 없이 울던 날
허리춤 베어 버린 안개꽃 폐부를 파고든다
스며듦을 거부한 모든 몸짓이
몸을 섞어 한 곳으로 흐르는 시간
떠난 자의 그리움을 나이테에 새기고
가세를 키워가는 저 숲이 낯설다.
조각난 기억들이 도랑 타고
봇물처럼 터지는 오후
사찰에 몸을 푼 장맛비
젖은 등줄기에 몸을 밀착시킨다
와락 덤벼드는 그리움에 안부를 묻는 나
뒤란 배롱나무 해산을 앞둔 어느 날
푸른 명줄처럼 이 길이 서러워지는 건

암전

불씨 하나
순식간에 배전함 하나를 삼키고 양에 차지 않는 듯
그 기세를 키운다
암전(暗轉)이 동반한 오버랩
소화기 뿌연 분말에 벼락을 맞고
화염에 녹다 얼어 뚝뚝 떨어지는 플라스틱은
원형을 잃어버린 서러움인가.
아직 다하지 못한 응어리
대지 위로 쏟아지는

불면不眠

들뜬 오목가슴
첫눈처럼 조용히 찾아온 멍울진 뜨거움이다
선홍빛 봉선화처럼 목선 타고 흥건히 흐르는 시간의 안단테는
첫 월경의 비릿한 아픔을 기억하며 이내 베갯잇을 파고든다
열여덟
함께 릴케를 이야기하며 프라하를 꿈꾸었던
소년이 건네준 붉은 장미 한 송이가 무담시 생각나는 새벽 두 시
기운 달빛 때문일까
갱년기 불면증 때문일까
아님
벽에 걸린 릴케의 장미 탓일지 모를 일이다
외로우면 별이 되는 걸까
지상의 투명한 별들이 써 내려간 새벽의 소리들
사각사각 백지 위 펜 굴리는 소리
비 오는 날 낙숫물 떨어지는 소리
고향 집 논두렁 뜸부기 낮은 울음 같기도 한
새벽의 중심에서 하냥 서성이는 눈망울들
핏빛 장미 되어 무더기로 쏟아져 내리더라

별똥

눈 내리는 새벽녘
빛과 어둠의 간극 그 모호한 경계에 앉아
떨어지는 별 두 손으로 받는 저 사내

애먼 별을 훔친 죄인가
빛과 어둠 구분 없는 천변을
내내 떠도는 저 사내

휘어버린 저 빈 달 채워지면
망태 가득 별 부스러기 모아 오겠다

무상無霜

그녀를 보면 늘 위태로웠어
스스로 절벽 끝에 매달린 그녀는
맨발로 절벽과 절벽을 오가며 줄을 탔지
가끔 바위틈에 피어난 꽃을 보면
뭉툭한 그녀의 발은 꽃물이 들고
기다란 혀가 공기를 가르며
마른하늘을 유영하면
항로를 이탈한 바람은
애먼 비를 불러오곤 했지
인생의 단비를 단 한 번도
맞아보지 못한 이의 날궂이
그녀가 절벽과 절벽 사이를
아무리 위태롭게 오간들
무심한 태양은 변함없이 빛나고
돌연히 외줄 타기를 끝낸 그녀가
홀연히 몸을 던진 그해는
서리마저 내리지 않은
긴 가뭄의 시작이었다지

동짓날

자작나무 타오르던 그 숲길
철들지 못한 담쟁이 푸른 걸음으로
바람벽을 기어오른다
허공을 가르는 들숨이 언 하늘을 열고
그새 도착한 시어들 조릿대에 드러누워
목마른 시심에 획을 긋는다
빛과 어둠의 경계가 남실대는 동지
마침내 해남 반도는
기나긴 글 숲을 이루고
태양이 죽음으로부터 되살아 나는 날
동지 팥죽 뭉긋한 열기 차오른 심장은
죽을지언정 마르지 않을 태동이리라

늙은 고양이의 노래

이젠 눈앞이 흐릿해요
비대해진 몸으론 더는 담을 넘을 수 없어요
봄날의 아지랑이 아래 늘어지게 놀다
무진무진 넘나들던 석류꽃 우거진 저 담벼락
아쉽지만 포기했어요.
한 계단 두 계단
이젠 가파른 언덕길을 걸어요
이 길의 끝은 어디로 이어질까요?
오를 수 없는 길보다
막힌 길이 더 안전할까요?
얼마만큼 더 가야만
해가 지지 않는 아지랑이를 만날 수 있을까요
다만 고요히 달 밝은 밤을 만난다면
조용히 잠들 수 있을 것 같아요
아! 벌써 밤인가요?
계단은 아직 절반도 못 올라갔는데,
담벼락에 매달리다 떨어져 나간 내 발톱처럼
손톱달의 실금들이 슬퍼 보이네요

끝선에 서서

파도가 돌아오는 길 잃지 않도록
톱머리 해송 바다 향해 손 내밀고
시퍼렇게 멍든 가슴 데워주려
여름내 모래알은 그렇게 몸 달구었나.

비워야 채워지는 것을 알아가는 걸까.
파도는 자기 안에 길을 내고 또 제 길을 가는데
어찌하여 나만 홀로 서성거리고 있는 걸까.

끝은 시작이라는
또 다른 이름을 가지고도 있다는데

경계선

열린 창문으로 날아든 여름새 한 마리
하늘 날고자 몸부림치지만 나갈 길 없다

온몸 부딪치다가 한쪽 날개를 다친 새
휑한 눈동자로 나를 한번 바라보다가
가만히 출입문을 열어주었더니
뒤도 안 돌아보고 저 하늘로 사라져 간다

찢긴 날개는 어찌 되었을까
사람의 둥지를 찾은 새와
불청객의 자해가 걱정스러운
익숙하지 않은 거리감

팔월의 틈
그 낯선 경계선

흰 기별

소담 소담 당가두로 흰 눈 내리면
그리운 이름 가만히 불러봅니다
소리 내어 부르면 영혼이 달아날까 봐
차마 불러보지도 못했던 섦은 이름 하나

겨울이면
등콧길 넘어질세라
언 땅에 흰 연탄재 곱게 깔아 단속하시고
하콧길 언 손 녹여주시던
아버지의 훈김 나던 따순 아랫목
그 아랫목 불러들여
부재중 안부를 묻고 싶다

밤눈 내리는 당가두로 새벽
저 눈의 뼈들이 사라지기 전
나는 흰 기별을 띄워야 한다
여전히 그리운 이름에게

갈망

종이배 만들어 방죽에 띄웠어
일렁이는 물결에 자꾸만 멀어져가네
너무 멀리 가진 마!
돌아오는 길 잃어버리잖아
길섶에 주저앉아 손 내밀어 잡아 보려 했지만
멀어져 가는 종이배
방죽 가득 수초를 기를 거야
매일 한 뼘씩 자라는 펄그라스는* 그물 같아
그믐달 뜨는 야윈 밤
샛별이 사라지기 전 돌아와야 해

제발

* 번식력이 뛰어난 식물

바람 숲 너머의 풍경

제4부
바람 숲 너머의 풍경

별리

가지를 떠나온
마지막을 예견한 바스락한 낙엽들
도드라진 잎새의 앙상함에 발끝이 시려온다
이파리 가득한 수액을 비우고 나니
비로소 보이는 잎맥들은
노인의 마른 등 가로지르는 정맥처럼 불거졌다

나는 나르는 법을 배우기 위해 가벼워지기로 했다
오늘처럼 바람이라도 찾아오는 날이면
천변 철새들의 보금자리
한 모퉁이 살포시 내려앉아도 좋겠고
물들지 못한 푸른 담쟁이 시린 뿌리에
밑거름이라도 되어 줄 수 있다면 더욱 더 좋겠다
그러다 어느 볕 든 날이면
산책길 노부부의 바스락 소리로 함께 걸어가거나
어느 시인 책갈피 작은 추억으로 남아도 좋겠다
금시라도 눈이 내릴 것 같은 하늘이 잿빛 가슴을 쏟아낸다

첫눈이다

가을로

해남 벌로 이어진 목우촌 농로
길 따라 피어나는 마거릿의 유혹에
고추잠자리보다 붉은 시월의 오후

왈츠 선율처럼 가느다란 바람에
고개 넘어 마산골 천변 억새 지금쯤
여린 몸 부대며 속삭일 텐데

여름날의 기억 탱탱하게 베어 문 이삭 앞으로
주저앉아 울컥 울고 싶은
코스모스 진홍 꽃잎마다 하늘은 열려

하늘 맞닿아 나지막한 언덕
나, 종아리까지 파랗게 젖은 채
걷고, 걷는다.

멧비둘기

은행나무 한 그루
폭우 속 푸른 가지를 펼치고 있다
가지는 돛을 세우며 바람의 맥을 짚는다
소낙비 내리면 언제나 물비린내가 났지
멧비둘기 한 마리
상한 날개 움츠리며 초록 책장으로 들어간다
검은 활자 사이를 지나는 여윈 발목
생각의 골짜기에 풀어 둔 해석되지 않는
언어들을 읽느라 여린 부리를 연신 쪼아댄다
이제 곧 멧비둘기 접은 날개에 새살 돋아나고
책장 밖으로 홀연히 사라지겠다.

풍경

녹색 물 머금은 이파리 끝
여름이 매달려 가쁜 숨을 쉬고 있다
아직 식지 않은 열기는
나의 사랑이 다 하지 않았음이요
부르지 못한 노래가 남았음이라
외 사랑 매미 빈 울음만
서걱대며 다가온 바람 숲 너머로
긴 여운 짙게 드리운다.

자화상

가깝거나 멀거나
제비는 제비를 만나 봄을 짓고
바다는 여름을 만나 넓어지며
나뭇잎을 만난 가을은 붉어진다
오소리가 토굴 짓듯
붉은 소나무는 오지에 묻혀서야 너와집 짓는다는데
가을이 되어도 물들지 못하고
우두커니
푸른 잎만 한 방향으로 펄럭거리는

잎 진 나무처럼 흔들리는 거울 속
마디마디 희끗희끗한
이미 너무 낯선,

어민 동산

오월 여문 햇살에
바다는 유달산을 품에 안는다
생장하는 모든 숨에 주어진 시간이 선물이라면
피지 못하고 흙으로 돌아간 이름 없는 싹들과
뭍으로 돌아오지 못한 채
유달산을 바라보며 떠도는 해인(海人)들을 위해
잠시 고개 숙여도 좋으리
오늘처럼
여문 하루쯤이야 뚝 떼어내
그들에게 빌려줘도 좋겠다.

삼향천 연가

개망초 꿈꾸는 실개천 사이로
아스라이 피어나는 아침 안개
하얀 머리 풀어 헤치고
먼 길 떠날 준비하는 삐비꽃
소슬바람 재촉에 빗장 열며 길 떠나네
파르라니 살빛 낮달
먼데 입암산 자락에 입을 맞추니
외로운 산 그림자 찔레꽃을 휘감는다
비켜 이는 바람길에 갈잎은 길을 열고
흰 손 들어 화답하는 개망초의 기다림에
삼향천, 긴 포옹을 한다

한라의 겨울

구상나무 숲, 길 잃은 눈이 사라오름에 모였다
볼처럼 잘 만들어진 앙증맞은 자리에서 나는
겨울을 치대는 중이었다

노루 십여 마리 눈밭을 가로지른다
가벼운 비 오고
새잎 틔우기까지 화구는 겨울잠인데
몰아치는 태평양 묵직한 바람을 버티며 밀고 나가는
저 허벅지 탄탄한 근육들

누구랄 것도 없이 소리치는 눈 비탈 아래
곧 봄이 오리란 급박한 신호일까
봄비에 가려진 머루알처럼 검은 눈망울이 사뭇, 깜빡거린다

몰랐다 한라에는 겨우내
수만 년 화산 열기를 담은 채 깊고 까만 머루가
탱글탱글,
영글고 있다는 것을

봄밤

벚꽃 환한 밤이었다
두어 발 뒤에서 말없이 걷던 사내
비 오기 전 불어오는 바람이 참 좋다던
그녀의 가방을 받아든다

방파제 가로등 불빛 아래 서 있는
흰 머리 성성한 사내의 독백처럼
파도는 정박한 뱃전에 가볍게 부서진다

뿌리 잘린 나무처럼 한 생을 보냈던
문득 한 사람이 그리워지는
봄.
밤.

멜라콩 다리*

목포역 담벼락 가장 낮은 곳에는
쪼그리고 앉아 행인의 다리를 진찰하는 표지석이 있다.
빨간 대야를 머리에 이고 절뚝이는 삭은 관절을 만나면
어김없이 응집된 따뜻한 볕을 보내고 있는 저 눈빛, 봄을
닮았다

수화물 짐은 아직 그대로인데
빨간 모자의 흔적은 어디에도 없다.
부둣가 음지에 핀 민들레 집 여인이 보내온 벽돌 한 장
어판장 외눈 김 씨가 보내온 시멘트 한 포
주춧돌이 된 곡옥처럼 빛난 아까보의 비척걸음을
멜라 콩 다리 위를 걸어 본 발자국들은 기억한다

복개된 역전사거리
갯물은 어디로 갔을까.
표정 없는 물고기들이 파닥이며
울컥울컥 쏟아낸 언어와 언어들 사이
살쾡이의 눈을 가진 라이트와 경적 사이
떠나는 자의 뒷모습과 기다리는 자의 시선 사이
희미해진 석화(石花) 기다란 넝쿨처럼
꽃이 흐드러진

* 중복 장애를 가진 목포 역 정모 박길수씨가 사비로 세운 다리

로사 카페

투명한 창을 사이에 두고
분진처럼 쌓이는 흰 눈을 마주합니다.

철 지난 마른 장미의 붉은 울음
뚝뚝 기어이 쏟아지고 마는
그리움도 사치라며
들기름 향 가득 벤 오동목 테이블 한 그루
일요일의 교실처럼 깊은 사색에 잠깁니다.

나는
차마 한마디 말도 못 건네고
내 가난한 시로 남을 한 송이의 눈을 위해
켜켜이 쌓이는 천 개의 눈을 모두 헤아릴 듯합니다.

기차는 여덟 시에 떠난다고
감미로운 음악이 눈이 되어 내리면
나는 밑줄 없는 작은 노트에 일요일의 교탁처럼
고요한 비나리 꽃 한 송이 심어보려 합니다.

그대 로사처럼

노을공원

하루를 달궜던 붉은 해 자궁으로 돌아가는 시간
너른 뜰에 펼쳐진 시화 깃발은 무던히
큰 책 한 권을 시아 바다에 풀어 놓았다.

흐르다 지친 몸, 쉴 곳 찾아 여기 왔을까
가물거리는 부표 같은 이름에는
늘 객식구 표식이 남아있었지
돌아서면 잊혀질

버리지 못해 토해낸 말을 삼키는 물결의 아귀
광장을 들었다 놓는 버스킹
횟집의 네온사인과 합작으로 호객하는데
떠돌다 멈춘 배 갈 곳 없어 여기 왔을까.
시아 바다 너른 뜰 수초 같은 이름에는
늘 갯바람 냄새가 묻어있었지
눈물마저 아련한

갓 바위

살다가 문득 사람이 그립거든
한 번쯤 바다 위를 걸어 볼 일이다

또르르, 물비늘 털어낸 겨울 햇살이
말건 얼굴 하나 그물망에 담아내고
나란히 풍화를 견디며 선
사내 둘은 여전히 말이 없다.

꾸르르. 물새 울음 갓 쓴 바위를 스칠 때
왠지 서러워 불러보는 바람 같은 이름

세월의 더께 같은 갓 쓴 바위여
대답 없는 메아리 망부석에 새기며
석화 캐는 아낙네 조세 소리만
무던히 가는 겨울을 낚고 있다.

살다가 진정 사람이 그립거든
그렇게 바다 위를 걸어 볼 일이다.

가을을 일탈하다

비 내리는 네거리
어린 흑 고양이 한 마리 교차로 중심 거미줄에 걸렸다.

일순 홀연히 나타난 가죽점퍼의 사내
흑 고양이 품에 안아 건너편 인도로 내려주고는
아무렇지도 않은 듯 골목으로 사라진다.

빗줄기 주룩주룩 걷는 밤
표정 없는 신호에 차들은 흔적 지우는데
돌아갈 집을 찾지 못한 내 바퀴는 아직 갓길이다.

풍경에서 빠져나온 눈동자 하나
물 위 흔적 없는 흑 고양이 발자국에서
늦가을, 비에 젖은 일탈을 읽는다.

가을, 그 자리

길가의 벚나무 잎을 떨구고 있다
잠든 아이의 손처럼 둥글게 말아쥐고는
훌쩍 뛰어내린다

저 작은 손 펼치면
매미 소리 지독한 여름밤의 하늘이 다시 열려
길옆 귀뚜라미 울음마다 빼곡히 별이 박힐지 모르겠다

어둠이 빛을 찾아 나서는 골목에 기대어
나는 커피잔 속 티스푼처럼
추억만 빙빙 저을 밖에는

입춘

밤새 촉촉이 내린 봄비에

부드러워진 살비듬 한 점 떨어져 내리고

여린 얼굴 하나 살포시 떠오른다

가을, 그 숲길

김수연 시인의 첫 시집
『밥심 전심』 뜨거운 감동을 만나다

시집을 펴니

겨울 들판 푹푹 찍혀있는 새의 발자국이 보인다

누군가의 흔적을 만나는 일

누군가의 길을 거슬러 오르는 일이란

밤을 지우며 눈 덮인 비탈을 끄덕끄덕 걸었을

그의 모서리를 이해하는 일이며

단단하게 흩어진 생의 조각을 복원하는 일이다

책을 덮으며, 나는 습관처럼 입을 헹군다

우려낸 찻물 툭 털어 우물거리며

끊어질 듯 이어진 그의 길을 비척거리며 걷는다

피고 떨군 꽃과 바삭한 가을과

폭설에 갇혀서도 억척스레 길을 내던 얇은 손 잡고

뱀처럼 둘둘, 나는 몸을 감는다

꽃이 질 무렵에야 태양이 뜨겁다고 했던가
가슴 뜨끈해지는 첫 출산 소식이다
갓 핀 잎 한 장이 갈피로 누운 곳까지 뛰어 들어가
시의 목줄기 어디쯤에서 울컥 치밀지 모른다
온몸 적시며 흘러온 남도의 별빛이 쏟아질 테고
홍어 무더기로 오가던 영산강 오진 물비린내라던가
유달산 거침없던 휘파람새 파란 입술 때문이라도
치밀하게 숨이 막힐지 모른다

시집출간을 축하드립니다

시인 염종호

96

양귀비 연서

이 또한 지나가리라

솔로몬의 금언은 기쁨과 슬픔, 희망과 절망은 머무르지 않고 지나간다는 뜻입니다. 기쁠 때도 교만하지 않고 슬플 때도 좌절하지 않는 지혜야말로 바람직한 우리네 인생의 표본이겠지만 말처럼 쉽지 않은 일입니다. 그래서 때론 숱한 사연을 간직한, 그 또한 지나쳐왔던 과거의 흔적들을 추억이라는 미명하에 회피하거나 미화하여 자가 치유를 하기도 하지요. 하지만 내가 아는 김수연은 엄마라는 이름으로 견고히 맞서 살아온 지난 시간을 켜켜이 나이테로 끌어안고 금쪽같은 두 딸을 훌륭히 키워냈습니다.

척박한 땅에서 자식들을 끌어안고 살아온 시인의 어머니 또한 그런 마음이겠지요. 어둠 속에서 더욱 영롱히 빛나는 별빛은 하늘의 숨결에서 태동하고 자식의 꽃향기는 어미인 나무의 눈물을 먹고 자라납니다. 30대 전통 폐백 수업에서 처음 본 김수연은 오로지 자식밖에 모르는 어미였지만 나는 압니다. 잠을 줄인 토막시간을 이용한 만남에서 그녀가 얼마나 꽃을 좋아하고 바다를 좋아하고 시를, 그림을 그리는 삶을 갈망했는지.

　내가 아는 김수연은 눈물이 많은 사람입니다. 날 선 상황에서도 대거리하기보다 늘 한 발짝 뒤로 물러나 가슴앓이하면서도 금방 울다가 웃습니다. 그런데 그 웃음이 안쓰럽게 보일 때가 많았습니다. 앞만 보고 홀로 질주하는 인생의 마라톤에서 가끔 쉬어갈 수 있는 버팀목이 있었으면 얼마나 좋을까. 하지만 충분히 우회할 수 있는 길 앞에서의 그녀는 항상 자기만의 보폭으로 묵묵히 직행하더군요. 정면 돌파라는 거창한 의미보다는 자신이 할 수 있는 최선이기 때문입니다.

　큰집 언니처럼 인정 많고 소녀처럼 여린 그녀는 그 또한 지나보냈어야 할 20여 년 동안 비수처럼 꽂혔을 생의 파편들을 각인하고 조율하여 마침내 시화서로 표현하는 작가가 되었습니다. 자랑스러운 내 친구 김수연 시인의 첫 시집 발간을 축하하며 단 한시도 가식적인 적 없었던 그녀의 삶, 너무 솔직하여 때론 불필요한 오해도 받지만 날 것 그대로의 상처를 감추지 않고 단 한 번도 자신의 삶을 미화한 적 없는 그 당당함에 경의를 표합니다.

그녀가 마는 한 줄의 김밥은 한 편의 시입니다. 배고픈 이의 허기를 채워주는 맛있는 김밥처럼 허기진 영혼에 위안을 주는 진솔한 시. 초아 김수연! 부디 "이 또한 지나가리"라는 금언이 언제까지나 현재진행형으로 작용하는 멋진 작가로 거듭나기 바랍니다.

- 흰 소처럼 묵묵히 끝까지 함께 가는 사랑하는 친구에게

극작가 정경진

등꽃은 피는데

가슴을 먹먹하게 하는 시

| 오봉옥 (시인, 서울디지털대학교 교수)

1

　김수연 시인은 전천후 작가다. 장르를 가리지 않고 글을 쓴다. 시상이 떠오르면 시를, 특정한 경험을 바탕으로 자신의 생각을 드러내고 싶을 땐 수필을, 이야기로 풀어내고 싶을 땐 소설을 쓴다. 2015년 『현대문예』를 통해 시인으로, 『지필문학』을 통해 수필가로 데뷔했다. 2018년엔 '한국인창작콘테스트'에서 소설 부문 은상을 수상하기도 했다. 그 밖에도 '누리달문학상'에서 대상 수상, '좋은생각 문예대전'에서 2년 연속 수상하는 등 많은 상을 휩쓸었다. 그는 작가일 뿐 아니라 화가이기도 하다. 2020년 제39회 '대한민국 미술대전'에서 〈연화도 8폭 병풍〉으로 특선의 영예를 안았다.

　한국문단에 시와 수필을 겸해서 쓰는 작가는 많다. 하지만 서정적 장르와 서사적 장르의 창작 방법이 다르기 때문에 시와 소설을 동시에 쓰는 작가는 많지 않다. 그럼에도 그는 장르 구분 없이 자유롭게 넘나들며 글을 쓰고자 한다. 가끔 좋은 글감을 만나면 그것을 시, 수필, 소설 등 각각의 형식으로 풀어내 비교해보곤 한다. 이를테면 할머니 댁 섬마을 아이들 이야기로 시 「갈망」을, 수필로 「내 마음의 별지」를, 소설로 「연어」를 쓴 바 있다.

화가이기도 한 그는 어쩌면 이 섬마을의 풍경을 한 폭의 화폭으로도 담았을지 모른다. 그는 앞으로도 시와 수필과 소설을 병행해서 쓰고자 한다. 문학과 함께 전통 채색화 작업을 해나가는 일도 게을리하지 않을 생각이며 심지어는 새로운 분야인 시나리오 쪽으로도 눈길을 돌려볼 생각이다. 이러한 일들은 노력만으로 되지 않는다. 타고난 재주가 없어서는 엄두도 낼 수 없는 일이다.

그는 현실을 담아내는 데에 익숙한 솜씨를 보여주고 있다. 이 시집 『밥심전심』엔 그의 살아온 삶과 정서가 리얼하게 펼쳐져 있다.

2

그의 어린 시절은 「오래된 사진」과 「뒷개 삼거리」에 실감나게 그려져 있다. 그는 바닷가에서 나고 자랐다. 그의 머릿속에 각인된 어린 시절의 풍경은 툭 트인 바다가 펼쳐져 있고, 눈앞에 갯벌이 누워있으며, '이마를 마주하는 슬레이트 지붕들'이 다닥다닥 붙어있다. 그 안에 젖먹이인 자신을 등에 업은 어머니와 드르렁드르렁 코를 골며 자고있는 아버지가 있다.

질펀한 갯벌이 해감한 비린내
삼거리 모퉁이에 깃들 때
본전도 못 건진 사내들의 술판은 시작되고
아이를 등에 업은 여인은
오늘 수확한 몇 마리 조기 새끼로 찌개를 끓여
뜨거운 눈물로 간을 본다.

첩첩이 이마를 마주하는 슬레이트 지붕
마당도 되었다가 마루도 되는 낮은 언덕 지나면
꼬인 골목 숨통 트여줄 옴팍한 공동수도가 있고
대찬 어미 대신 줄지어 물동이 지키는
아이들의 튼 손에는 갈래갈래 서리꽃 피었다

하루살이처럼 버거운 사내들의 꿈이
빈 소주병처럼 나뒹구는 죽교동 575번지
낙서도 없이 무너져가는 담벼락 틈새
철마다 이름을 달리한 들꽃 삐쭉 얼굴 내밀지만
그 누구도 꺾으려 하지 않는다.
본전도 못 건진 이 꽃들을 어찌 풀이라 할 수 있으랴
죽기 전까지 바다를 꿈꾸며 파닥거리던 조기 새끼처럼

-「뒷개 삼거리」전문

이 시는 한 폭의 그림이다. 그가 그려낸 어린 시절 풍경은 눈
에 보일 듯 선명하면서도 짙은 그늘이 깔려있어 안쓰러운 마음

을 자아내게 한다. 갯벌의 비린내가 풍겨오는 가난한 마을. 그곳엔 '첩첩이 이마를 마주하는 슬레이트 지붕'이 붙어 있고, '마당도 되었다가 마루도 되는 낮은 언덕 지나면 꼬인 골목 숨통 트여줄 옴팍한 공동수도'가 있다.

전형적인 바닷가 마을의 풍경이 아닐 수 없다. 문제는 그 안에 살아가는 사람들의 모습이다. '하루살이처럼 버거운 사내들의 꿈'은 '빈 소주병처럼' 나뒹굴고 있다. 그들은 '오늘'도 조기새끼 몇 마리만을 수확한 채 술판을 벌이고 있다. 그 술판에서 주고받을 삶의 푸념들이 귓전에 들려올 듯하다. 사내들이 막걸리 한 잔을 들이키며 왁자지껄 떠드는 순간 아낙네들은 그날 '수확한 몇 마리 조기새끼로 찌개를 끓여 뜨거운 눈물로 간'을 본다. 그 순간 아이들은 또 어미를 대신하여 공동수도 앞에서 물동이를 지키며 '튼 손'을 호호 분다. 이렇듯이 이 시는 문자로 그려낸 실감난 그림이다. 그리고 이미지는 시인의 마음에 비춰진 그림자라고도 할 수 있는데, 그 그림자를 어루만지다 보면 나도 모르게 안쓰러운 마음을 갖게 된다. 「뒷개 삼거리」는 실감난 형상과 뛰어난 언어 구사 능력을 보여주고 있는 수작이다.

항구의 포도(鋪道) 위 주린 배 채운 갈매기는
날개 접고 직립으로 걷는데
바다에 청춘을 던진 어부의 굽은 허리는
일생 떠나지 못한 달동네 흰 계단처럼
끝이 보이지 않는 자기 그림자에 파묻힌다
　　　　　　　　　　　-「선창」 중에서

배롱 붉은 교회 모퉁이 낮은 언덕 지나면
동트기 기다리는 긴 행렬의 콩나물 수레들이
고만고만한 연대기를 펼치는
남교동 옴팍한 곳에 콩나물 동네가 있다
　　　　　　　　　　　-〈시루꽃〉 중에서

　김수연 시인이 미더운 것은 시선이 늘 슬프고, 외롭고, 소외당한 사람들에 가 닿고 있다는 점이다. 「선창」에서의 '어부'는 '갈매기' 보다 못한 존재이다. 항구의 '갈매기'는 포도 위를 거닐며 '주린 배'를 채운 뒤 지친 날개를 접고 '직립'으로 거닐며 잠시나마 여유를 부리는 존재인데 '바다에 청춘을 던진 어부'는 '굽어진 허리'로 '일생 떠나지 못한 달동네 흰 계단처럼 끝이 보이지 않는 자기 그림자'에 파묻혀 고개를 수그리고 사는 존재이다.
　갈매기와 늙은 어부의 상반된 이미지가 가슴을 파고든다. 「시루꽃」 역시 '콩나물 수레들'을 끄는 가난한 존재들에 시선이 가 닿는다. 이 시에서의 '시루꽃'은 시루에 핀 '콩나물'을 가리킨다. '콩나물 동네'엔 새벽마다 진풍경이 펼쳐진다. '동트기를 기다리는 긴 행렬의 콩나물 수레들'이 구슬을 실에 꿰어 만든 낡은 발처럼 늘어져 있는 것이다. 시적 화자는 그 '생존의 수레바퀴들'을 연민의 눈으로 바라본다. 이렇듯이 그는 늘 소외받고 사는 사람들에 깊은 애정을 보이고 있다. 「선창」과 「시루꽃」에서의 존재들은 터무니없는 관념으로 채색된 인물이 아니라 우리 주변에서 흔히 볼 수 있는 가난한 사람들이다. 김수연은 그런 존재들을 재생·복원함으로써 그들이 지닌 순수한 슬픔이나 한의 정조를 환기시킨다.

3

김수연 시인의 첫 시집은 모성애를 노래한 시편들이 많다. 인생의 가장 소중한 가치는 사랑이고, 사랑은 모성으로 완성된다는 말이 있다. 그는 이 시집을 통해 여러 층위의 모성을 보여주고 있다. 자식을 향한 본능적이고 무조건적인 성격을 지닌 모성, 어머니를 향한 측은지심으로서의 모성, 가난하고 소외된 존재들을 향한 보호본능으로서의 모성이 그것이다.

> 분홍 꽃 화사한 마스크 포장지에 쓰인
> 손편지 읽으며 한없이 울고 있다는 딸의 메시지
> 너무 늦게 온 사춘기로 까칠하고 무심했던
> 지난 시간이 속상하고 미안하다 울먹인다
> 올 때는 빈손으로 오라는 신신당부에
> 알았다 알았다 하면서도
> 슬그머니 놓고 간 부침개를 보며
> 차마 먹지 못한 채 울먹인다
>
> ―「엄마라서」중에서

「엄마라서」는 자식을 향한 모성과 어미를 향한 모성이 교차하며 가슴을 먹먹하게 만드는 시다. 시적 화자는 '분홍꽃 화사한 마스크'며 '부침개'며 '손편지'까지를 써서 서울에 사는 딸의 집을 방문하고, 딸은 어미의 '손편지'와 '슬그머니 놓고 간 부침개'를 보며 울먹인다. '너무 늦게 온 사춘기로 까칠하고 무심했던 지난 시간이 속상하고 미안하다' 울먹이는 딸의 모성은 '빈손으로 오라는 당부'에도 '부침개'까지를 해간 어미를 향해 '제발 아무것도 하지 말라'는 투정으로 드러나고, 그런 딸의 목소리를 듣는 어미의 모성은 '언제 이렇게 다 커버렸는지'하며 혼잣말을 하는 모습으로 드러난다. 그 어미 역시 울먹이는 딸의 목소리를 들으며 눈시울을 적셨을 터다.

다 먹고살자고 하는 일인데
전생에 웬 죄업 그리 두터워
남의 입에 들어갈 밥만 내내 짓다
정작 내 자식 입에 들어갈 밥은
뜸도 들이지 못한 채 눌어붙고 말았네
어느새 어미 곁을 떠나
밥 짓는 업보를 이어받은
누군가의 입이 되어 살아가는 아이들
내 자식 입에 들어갈
사먹는 음식 쉽게 배 꺼지지 않기를
바라고 또 바랄 뿐이다
밥심 전심으로 누군가의
밥심에 기대어 기도할 뿐이다.

-「밥심전심」 전문

이 시집의 표제시이기도 하는 「밥심전심」은 어미의 지극한 마음을 보여주고 있는 시이다. 시적 화자는 '남의 입에 들어갈 밥'을 짓고 사는 사람이다. 먹고 사는 일에 매달리다 보니 정작 제 '자식 입에 들어갈 밥은 뜸도 들이지 못한 채 눌어붙고 말았다'는 진술이 가슴을 저미게 한다. 어미의 지극한 마음은 자식을 향한 기도로 드러난다. '내 자식 입에 들어갈 사 먹는 음식 쉽게 배 꺼지지 않기를 바라고 또 바랄 뿐이다'는 화자의 진술은 어미가 처한 현실과 그런 처지 속에서 발현되는 지극한 마음에서 우러나온 것이기에 읽는 이의 가슴을 먹먹하게 만든다. 이 시의 묘미는 '이심전심'을 비틀어 '밥심전심'으로 바꾸는 데 있다. '이심전심'이 '마음에서 마음으로 전하게 되면 모든 것을 이해하고 깨닫게 된다는 뜻에서, 마음과 마음으로 서로 뜻이 통함을 이르는 말'임을 상기해 본다면 '밥심전심'은 '밥'의 마음을 다시금 생각해보게 만드는 의미가 있다. 제 자식 입에 들어갈 밥을 짓는 어미의 마음과 행위야말로 이 세상에서 가장 거룩하고 아름다운 '모성'이 아닐 수 없다. 그러나 이 시의 시적 화자는 그런 근본적인 모성조차 전해주지 못한 자신을 '전생에 지은 죄업이 많아서 그런 것'이라며 자책한다. 그러면서 '누군가의 밥심'에 기대어 제 자식 '배 꺼지지 않기만을' 바라고 또 바란다. 시적 화자의 자책과 기도가 가슴을 저미게 한다. 그런 점에서 '밥심전심'이라는 말은 말놀이지만 말놀이 이상의 의미를 지니고 있다. 이 시는 콧날을 찡하게 하는 절창이다.

「밥심전심」이 자식을 향한 어미의 지극한 마음을 보여주고 시라면「홍매화는 피는데」는 어미를 향한 측은지심을 보여주고 있는 시이다.

복지관에서 걸려온 전화 한 통
엄마와 통화가 안 된다고 걱정이다
비상 연락망을 따라온 엄마의 알리바이
매실 담은 유리병 당신 손에서 벗어나
끈끈한 청 범벅이 된 거실 바닥에서
기어이 무릎을 꿇었다.

끌어 모을수록 손바닥에 달라붙는 집착
버리지 못하는 게 어찌 달달함 뿐일까
자식 수만큼의 손가락으로 어플 없는
그림을 그리던 매실청은 거실 바닥에서 피어나고
아린 소식은 내 가슴에 고매(古梅)가 되어
붉고 서러운 꽃으로 피어난다.

                    -「홍매는 피는데」전문

　가만히 불러보기만 해도 가슴이 먹먹해지는 게 '어머니'라는
이름이다. 이 시의 '엄마'는 누군가의 도움을 받아야만 하는 존
재, 거동을 하기 힘들 만큼 노쇠했거나 그 어떤 병마와 싸우고
계실지도 모르는 존재이다. '엄마'는 자식을 향한 모성으로 '매
실'을 담았고, 그 '유리병'을 어루만지다 거실 바닥에 쏟게 된
다. 늙은 '엄마'는 쏟아진 '매실청'이 아까워 손으로 자꾸만 끌
어 모은다. 그런 안타까운 소식을 전해들은 화자는 '아린' 가슴

으로 '붉고 서러운 꽃'을 피워내는 늙은 매화나무를 떠올린다. 시적 화자가 상상력을 발동해 그려낸 '고매'는 늙은 '엄마'를 오 버랩 시키는 사물이다. '고매'하면 거칠고, 성글고, 굽은 가지 몇 개만이 황량하게 남아있는 모습을 떠올리기 쉽다. 거기에 드 문드문 피어난 '붉고 서리운 꽃'이 '고매'라는 데에서 우리는 어 미를 향한 화자의 마음을 읽을 수 있다. 그것은 말할 것도 없이 안타까움과 측은함이 만들어낸 마음일 것이다. 이렇듯이 이 시 는 '엄마'를 향한 마음을 직설적으로 드러내지 않고 비유적으로 드러내는 데에 그 특징이 있다.

이 시집엔 비유의 묘미를 보여주는 시편들이 많다. 비유는 새 로운 의미를 만들어내고, 작자의 인식을 쉽게 가시화하며, 풍 부한 시적 의미를 암시해준다. 뿐만 아니라 실감난 비유는 시적 대상을 보다 선명하고 구체적으로 표현해내는 데 일조하고, 전 달력을 강화하며 대상에 대한 새로운 이미지를 만들어내기도 한다.

은행나무 한 그루

폭우 속 푸른 가지를 펼치고 있다

가지는 돛을 세우며 바람의 맥을 짚는다

소낙비 내리면 언제나 물비린내가 났지

멧비둘기 한 마리

상한 날개 움츠리며 초록 책장으로 들어간다

검은 활자 사이를 지나는 여윈 발목

생각의 골짜기에 풀어 둔 해석되지 않는

언어들을 읽느라 여린 부리를 연신 쪼아댄다

이제 곧 멧비둘기 접은 날개에 새살 돋아나고

책장 밖으로 홀연히 사라지겠다.

-「멧비둘기」 전문

　이 시는 자연 복원력을 보여주고 있다. 폭우가 쏟아지고 멧비둘기가 상처를 입는다. '폭우'를 이겨내기 위해 '가지가 돛을 세우며 바람의 맥'을 짚듯이 상처 입은 멧비둘기는 자신을 치유하기 위해 '초록 책장'을 찾는다. '초록책장'엔 치유의 길이 있다. 멧비둘기는 자연 속에서 치유의 길을 찾느라 '여린 부리를 연신' 쪼아댄다. 자연 속엔 '생각의 골짜기에 풀어 둔 해석되지 않는 언어들'이 있고, '접은 날개에 새살'을 돋아나게 하는 치유의 길이 있다.

　이 시의 상처 입은 멧비둘기는 상처 입고 살아가는 모든 존재들을 환기시킨다. 자연을 해치고 문명을 일구어온 현대사회가 이제 자연의 역습을 받고 있다. 지구가 날로 뜨거워지고, 빙하가 녹아내리고, 알 수 없는 질병이 만연해 사람들을 괴롭힌다. 현대사회는 또 분열된 인간들을 양산한다. 그런 점에서 우리는 모두 상처를 입고 살아가는 존재들이라 할 수 있다. 자연을 대상으로 삼고 살아온 인간들은 이제 자연과의 공존 속에서 새로운 길을 개척하고자 한다. '생각의 골짜기에 풀어 둔' 난제들을 풀어내기 위해서는 자연 속에서 그 해답의 실마리를 찾아야 한다. 이렇듯이 좋은 비유는 해석의 확장성을 갖는다.

김수연 시인의 첫 시집 『밥심전심』엔 유년시절을 회고하고 있는 시가 많다. 그가 그려낸 어린 시절 풍경은 짙은 그늘이 깔려 있어 안쓰러운 마음을 갖게 한다. 하지만 그와 동시에 우리가 놓치지 말아야 할 부분은 그것들을 리얼하게 재생·복원하면서도 항상 따뜻한 시선으로 감싸고 있다는 점이다. 나는 그의 시집 원고를 반복해 읽으면서 이런 점이 바로 김수연 시의 그늘이 갖는 힘이라고 생각했다.

　그는 살아온 삶을 진솔하게 노래할 뿐 억지로 꾸미려 하지 않는다. 그의 시는 언어를 막무가내로 끌고 다니는 흔적이 없어서 억지스러운 데를 찾으래야 찾을 수가 없다. 모성을 드러낸 시들은 너무도 절절해 가슴을 젖게 한다. 나는 자식을 향한 어미의 지극한 마음을 보여주고 있는 그의 시들을 읽으면서 읽는 내내 눈시울을 적셔야만 했다. 또한 그는 늘 우리 사회의 구석구석에 있는 슬프고, 외롭고, 소외당한 사람들에 눈길을 두고 있다. 그 또한 김수연의 미더운 점 중 하나다.

　김수연 시인의 첫 시집 『밥심전심』은 가슴을 먹먹하게 만드는 시편들이 많다. 일독을 권한다. 아울러 이 시집이 많은 사람의 입에서 회자되기를 바라고, 문운이 함께 하기를 바란다.

그대 있음에

밥심전심

초판   1쇄 인쇄일 | 단기 4354년 (서기 2021년) 3월 2일
초판   1쇄 발행일 | 단기 4354년 (서기 2021년) 3월 15일

지은이 | 김수연
펴낸이 | 황혜정
인쇄처 | 삼광인쇄
펴낸곳 | 문학사계
               등록일 2005년 9월 20일 제318-2007-000001호
               서울시 중구 세종대로 135-7 세진빌딩 303호
               Tel 02-6236-7052, 010-2561-5773

배포처 | 북센(031-955-6706)

ISBN | 978-89-93768-64-0
가격 | 9,000원